DER PINGUIN SUCHT DAS GLÜCK

VON FALSCHEN VORSTELLUNGEN, PASSENDEN SOCKEN UND DEM RICHTIGEN PLATZ IM LEBEN

Erzählt von Stefan Beuse & Sophie Greve

Carl Hanser Verlag

WAS SCHÖNER IST ALS GLÜCK

Für den kleinen Pinguin war es das Schönste, bei sich zu Hause in der Hängematte zu liegen und den Wellen zuzuhören. Der Pinguin wohnte nämlich auf einer Insel mitten im Ozean, in einer Hütte, in der alles war, was man sich nur wünschen konnte. Die Tiere waren seine Freunde, der Urwald blühte und sirrte, das Meer brandete und glitzerte, und die Sonne ging hinter dem Berg auf und über dem Meer unter.

Alles war, wie es sein sollte. Bis zu dem Tag, an dem der kleine Pinguin auch zum Flughafen musste, um hinaus in die Welt zu fliegen und Geld zu verdienen. Das nämlich mussten alle Pinguine, wenn sie größer wurden.

»Warum kann ich nicht auf meiner Insel bleiben und tun, was mich glücklich macht?«, fragte der kleine Pinguin, als er bei den anderen Pinguinen am Flughafen stand.

»Glück!«, lachte ein erwachsener Pinguin. »Glück ist Erfahrung, Wissen, Kompetenz, mein Freund!«

»ErfahrungWissenKompetenz«, sagte der kleine Pinguin. »Das klingt bedeutend. Das ist bestimmt schöner als Glück.«

Und da beschloss der kleine Pinguin, von dem erwachsenen Pinguin alles zu lernen, was man wissen musste, um auch das zu bekommen, was schöner war als Glück.

WAS PINGUINE ZU PINGUINEN MACHT

Jeden Morgen stand der kleine Pinguin also pünktlich um halb sieben bei den anderen Pinguinen am Flughafen.

»Moin, die Herrschaften, die Kurse fallen wieder, schon gehört?«, grüßte er in die Runde, weil man als Pinguin eben so redete. Zwar wusste er gar nicht, worüber die Kurse gestolpert sein könnten, aber das schien niemanden zu stören.

»StocksDaxAbstoßenVerkaufen«, murmelte es zurück, ohne dass irgendwer von seinem Bildschirm oder seiner Zeitung aufsah.

Der Pinguin kam sich wie immer schrecklich dumm vor, weil er nichts von dem verstand, was die anderen Pinguine redeten. Er verstand ja nicht mal, was er selbst redete, und das war fast noch schlimmer, weil er sich dann noch dümmer vorkam als sowieso schon.

Was ist das bitte für ein Pinguin, der seine eigene Sprache nicht versteht, dachte er traurig, und: Hoffentlich kommt mir nie jemand auf die Schliche. Was soll denn aus mir werden, wenn die anderen merken, dass ich gar kein richtiger Pinguin bin? Ich sehe zwar aus wie ein Pinguin, ich fliege jeden Morgen wie alle Pinguine durch die Welt, um anderen Pinguinen etwas zu verkaufen, das ich nicht begreife, aber nichts an mir ist so, wie es sein sollte.

Erstens verstehe ich nicht, was ich eigentlich den ganzen Tag mache, zählte der Pinguin für sich auf.

Zweitens verstehe ich die Pinguinsprache nicht. Ich schnappe bloß Wörter von anderen Pinguinen auf und sage sie hintereinander. Trotzdem scheinen alle zu wissen, wovon ich rede. Das ist komisch, dachte der Pinguin.

Drittens, dachte der Pinguin weiter, finde ich Flughäfen und Aktenkoffer nicht schön, sondern traurig.

Viertens mag ich Farben und Muster, und das ist der beste Beweis dafür, dass mit mir etwas nicht stimmt, denn Pinguine mögen nur schwarz und weiß.

Und fünftens bin ich dumm. Pinguine aber sind schlau, sonst würden sie nicht so viel Geld mit Dingen verdienen, die ich nicht verstehe.

WIE PINGUINE IHR GELD VERDIENEN

»Mit was verdienen wir eigentlich unser Geld?«, fragte der Pinguin den erwachsenen Pinguin.

»Wir verkaufen Versprechen«, antwortete der erwachsene Pinguin und öffnete seinen Koffer, in dem lauter Papiere voller Versprechen waren.

Wir versprechen, dass bald alles besser wird, stand darauf zum Beispiel.

Wir versprechen, dass unser Unternehmen bald sehr reich wird.

Oder: *Wir versprechen, dass unsere Versprechen besser sind als alle anderen Versprechen.*

Es gab sogar Versprechen für oder gegen Kriege, für mehr oder weniger Essen, Wasser, Häuser.

»Warum kaufen die Leute Versprechen?«, wunderte sich der Pinguin. »Davon hat doch keiner was!«

»Wenn die Versprechen in Erfüllung gehen«, sagte der erwachsene Pinguin, »bekommen die Leute, die an das Versprechen geglaubt haben, viel Geld.«

»Und wenn sie nicht in Erfüllung gehen?«

»Dann verlieren sie das Geld.«

»Wie viel Geld brauche ich denn?«, fragte der kleine Pinguin.

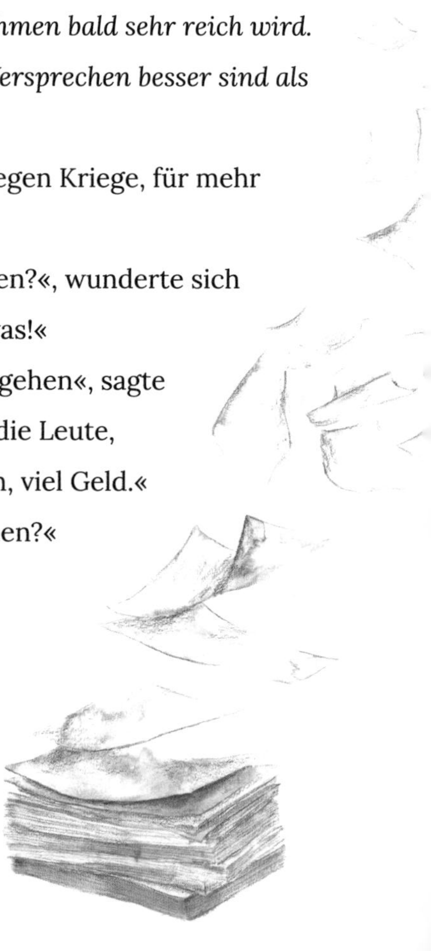

»So viel, dass du nie mehr darüber nachdenken musst, ob es genug ist«, sagte der erwachsene Pinguin, und da wusste der junge Pinguin, dass er noch lange nicht genug Geld hatte, denn er dachte ja gerade sehr darüber nach, wie viel Geld genug war. Er dachte so sehr darüber nach, dass er ganz vergaß, warum er bisher überhaupt nie über Geld nachgedacht hatte, weil nämlich auf seiner Insel alles war, was man sich nur wünschen konnte.

Aber woher sollte er das eigentlich wissen? Wer sagte ihm denn, dass es da draußen nicht tausend Sachen gab, die man sich noch viel mehr wünschen konnte, und dass er davon nur noch nichts wusste, weil er ein so dummer Pinguin war?

»Ich will auch genug Geld haben!«, rief der kleine Pinguin. »Bitte zeig mir, wie das geht!«

WIE MAN SERIÖS WIRD

»Als Erstes«, sagte der erwachsene Pinguin und tätschelte dem kleinen Pinguin mit seiner Flosse die Schulter, »als Erstes lernen wir jetzt mal, wie man seriös wirkt.«

»Oh ja!«, rief der kleine Pinguin, der zwar nicht wusste, was seriös war, aber plötzlich unbedingt so wirken wollte.

»Sieh dich einmal an«, sagte der erwachsene Pinguin, und der kleine Pinguin blickte an sich herunter. »Was würdest du denken, wenn dir jemand wie du ein Versprechen verkaufen wollte. Würdest du ihm glauben?«

»Nun«, sagte der kleine Pinguin. »Ich würde glauben, dass man eine Menge Spaß mit mir haben könnte.«

»Spaß!«, lachte der erwachsene Pinguin, aber es klang nicht wie ein echtes Lachen. »Darum geht es nicht. Es geht um …«

»ErfahrungWissenKompetenz!«, rief der kleine Pinguin, der sehr stolz darauf war, auch einmal etwas zu wissen.

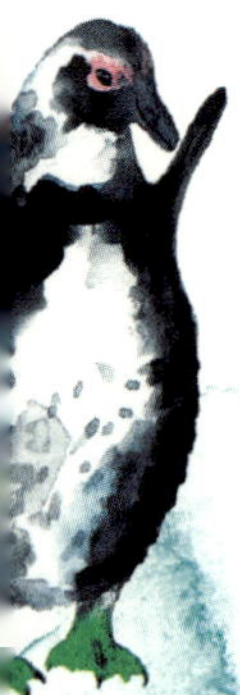

»Richtig«, nickte der erwachsene Pinguin. »Und um GeldReichtumErfolg. Dann hast du es geschafft.«

»Was geschafft?«, wollte der kleine Pinguin wissen.

»Wer genug Geld hat, kann alles haben, was er will.«

Und dann zählte der erwachsene Pinguin dem kleinen Pinguin auf, was an ihm schon mal alles nicht seriös war:

»Erstens«, sagte der erwachsene Pinguin, »sind deine Haare

struppig. Wer bitte vertraut jemandem, der sich nicht mal ordentlich kämmt?

Zweitens ist dein Fell schmutzig. Wer will Geschäfte mit jemandem machen, der sich nicht gründlich wäscht?

Drittens bist du zappelig. Wer Luftsprünge und Handstände macht, kommt vielleicht in den Zirkus, aber sicher nicht zu Geld.

Und viertens passen deine Socken nicht zu deinem Anzug.«

Da sah der kleine Pinguin an sich herab und musste lachen, denn er trug gar keine Socken, er hatte nur noch grüne Füße vom Urwald.

»Umso schlimmer!«, rief da der erwachsene Pinguin. »Was für ein Pinguin trägt denn bitte keine Socken!«

WAS SICH GEHÖRT UND WAS NICHT

Unsicher blickte der kleine Pinguin sich um, und wirklich: Alle anderen Pinguine trugen Socken, waren sauber und ordentlich gekämmt, und ihre Anzüge saßen tadellos. Die Pinguine standen seriös in einer Reihe und warteten auf ihren Flug, während sie Zeitungen mit Zahlen und Tabellen lasen, damit sie noch mehr ErfahrungWissenKompetenz sammelten und dadurch so viel GeldReichtumErfolg bekamen, dass sie alles tun konnten, was sie wollten, und nie mehr darüber nachdenken mussten, wie viel genug war.

Der kleine Pinguin kam sich wieder mal sehr, sehr dumm vor und schämte sich, weil er keine Ahnung hatte, was sich gehörte und was nicht. Er wusste ja nicht mal, wie man sein musste, um ein echter Pinguin zu sein!

Er war wirklich der dümmste Pinguin von allen, und er konnte froh sein, dass der erwachsene Pinguin ihm beibringen wollte, wie man seriös wird.

»Zeig mir alles, was ich wissen muss!«, rief der kleine Pinguin und sprang vor Aufregung in die Luft, weil er es gar nicht abwarten konnte, zu lernen, wie man sein musste. Aber dann wurde ihm klar, dass er rumzappelte. Er sah noch einmal an sich herab und merkte, dass alles falsch an ihm war, und dann schämte er sich wieder und hoffte, dass der erwachsene Pinguin bald mit dem Unterricht beginnen würde.

WIE MAN SEIN MUSS

»Erst mal«, sagte der erwachsene Pinguin, als der kleine Pinguin am nächsten Morgen frisch gekämmt und gewaschen und ordentlich in Socken vor ihm stand, »erst mal musst du lernen, wie man sich bewegt.«

»JawohlKlarVerstanden«, sagte der kleine Pinguin und sah ganz genau zu, wie die anderen Pinguine sich bewegten.

Die meisten standen einfach nur über ihre Bildschirme und Zeitungen gebeugt da und wippten auf ihren Flossen. Andere liefen kopfschüttelnd im Kreis und sagten »StocksDaxAbstoßenVerkaufen« zu irgendwem, den der kleine Pinguin nicht sehen konnte.

»Zeitfenster schließt sich zeitnah!«, rief jemand direkt neben ihm, und der kleine Pinguin fühlte sich angesprochen, weil niemand sonst gemeint sein konnte.

»Keine Sorge, alter Knabe!«, lachte der kleine Pinguin. »Es gibt gar keine Zeitfenster, es gibt nur Glasfenster. Und zeitnah gibt es auch nicht, es gibt nur die Zeit, und die ist immer da und nie nah oder fern.«

Der erwachsene Pinguin schüttelte aber bloß den Kopf, starrte auf den Boden, wo niemand war, und redete weiter über die Zeit und wie viel Ärger er mit ihr hatte.

»Die Zeit läuft uns langsam davon!«, rief er, und das fand der kleine Pinguin noch lustiger, denn wenn jemand davonlaufen wollte, dann lief er doch schnell und nicht langsam, und die Zeit konnte schon mal gar nicht laufen, das hatte er doch eben schon erklärt!

Zeit schien aber eine wichtige Rolle zu spielen, denn er hörte die anderen Pinguine immer wieder darüber sprechen. Die Worte, die am häufigsten gemurmelt wurden, prägte sich der kleine Pinguin ein. Zwar langweilte ihn das gebeugte Herumlaufen, das Kopfschütteln und das ernste Herumstehen in einer Reihe, aber er wollte schließlich ErfahrungWissenKompetenz sammeln, und das bekam man nicht geschenkt, das betonte der erwachsene Pinguin bei jeder Gelegenheit, »dafür muss man sich schon ein wenig anstrengen, nicht wahr, junger Freund?«

»Ganz recht, alter Knabe«, antwortete der kleine Pinguin und war stolz, schon ein bisschen mehr zu verstehen, wie man als Pinguin so sprach.

WIE PINGUINE SPRECHEN

Das Wichtigste war, dass man immer sehr ernst guckte, egal, was man sagte. Selbst, wenn man andere begrüßte, durfte man sich nicht freuen, sie zu sehen, sondern musste so tun, als nähme einem die Begrüßung wertvolle Zeit weg. Am besten, man las dabei weiter die Zeitung, murmelte »meine Herren« und sagte dazu etwas, das mit ErfahrungWissenKompetenz zu tun hatte. Zum Beispiel »StocksDaxFlex«, das sagte der kleine Pinguin besonders gern, weil man die Worte so lustig hintereinander wegzischeln konnte, dass man auch etwas vollkommen anderes hätte sagen können. Man konnte StocksDaxFlex sagen, als würde man mit jemandem schimpfen oder als hätte man einen Niesanfall. Aber man wurde nie komisch angesehen, weil jeder etwas Sinnvolles darin zu verstehen schien.

Der kleine Pinguin lernte die Sprache der erwachsenen Pinguine wie eine Sprache aus einem anderen Land. Zwar hatte er nie das Gefühl, etwas Sinnvolles zu sagen, aber die Wörter halfen ihm, seine Versprechen zu verkaufen und dafür Geld zu bekommen.

Und das war es schließlich, worauf es ankam.

WIE MAN GESCHÄFTE MACHT

Geschäfte machen ging eigentlich ganz einfach: Man musste nur mit dem Koffer voller Versprechen zu anderen Pinguinen fliegen, manchmal »Zeitfenster« und »meine Herren« sagen und hinter Glasfenstern bunte Säfte aus kleinen Fläschchen trinken. Man musste sich mittags eine weiße Stoffserviette über den Schoß legen, das teuerste Essen bestellen, viel lachen und dem anderen auf die Schulter klopfen, obwohl gar nichts lustig war und man sich gar nicht kannte. Man musste »verbleiben wir so« und »immer eine Freude, mit Ihnen Geschäfte zu machen« sagen, und am Ende hatte man Papier gegen Papier getauscht, aber das eine Papier hieß Geld, und von Geld brauchte man so viel, dass man nicht mehr darüber nachdenken musste, wie viel davon genug war.

Leider dachte der kleine Pinguin noch immer so viel über Geld nach, dass er vergaß, sonst nie über Geld nachgedacht zu haben. Er vergaß sogar, darüber nachzudenken, was er mit dem ganzen Geld machen sollte, weil der kleine Pinguin viel zu sehr damit beschäftigt war, Dinge zu tun, die er nicht tun wollte, die er nicht verstand, die ihn langweilten oder traurig und manchmal sogar wütend machten. Aber das musste wohl so sein, denn das Leben war schließlich kein Zuckerschlecken, nicht wahr, junger Freund, und manche Zeitfenster schlossen sich schneller, als man StocksDaxFlex sagen konnte.

WAS MAN VON VIEL GELD KAUFEN KANN

»Unabhängigkeit«, sagte der erwachsene Pinguin. »Darum geht es. Dass du nicht mehr jeden Tag am Flughafen stehen und Geld verdienen musst.«

»Das musste ich vorher auch nicht«, sagte der kleine Pinguin, der das Gefühl hatte, mit jedem Flug immer nur noch unglücklicher zu werden.

»Aber was für ein Leben war das!«, lachte der erwachsene Pinguin, und es klang wieder nicht wie ein echtes Lachen.

»Ein glückliches«, murmelte der kleine Pinguin leise vor sich hin, aber der erwachsene Pinguin verstand ihn trotzdem und sagte wieder, dass es um Glück ja nun nicht gehe.

»Wie lange muss ich denn noch auf das warten, was schöner ist als Glück!«, rief da der kleine Pinguin, der sich schon sehr, sehr pinguinig fühlte.

»Stell dir vor«, sagte der alte Pinguin: »Stell dir vor, du hast irgendwann so viel Geld, dass du haben kannst, was immer du willst. Du kannst fliegen, wohin du willst, du kannst bleiben, wo du willst, und bei Leuten sein, die du dir aussuchst. Du könntest dir sogar eine eigene Insel kaufen, wenn du wolltest!«

Aber ich habe doch schon eine Insel, dachte der kleine Pinguin. Ich habe die schönste Insel der Welt, ich habe die besten Freunde, die man sich nur wünschen kann, und ich vermisse sie so sehr, dass es wehtut. Ich habe überhaupt keine Lust, so lange auf das zu warten, was schöner sein könnte als Glück, dachte der kleine Pinguin weiter. Der alte Pinguin war nämlich schon sehr, sehr alt, und er hatte immer noch nicht genug Geld, um sich keine Gedanken mehr um Geld machen zu müssen, sonst stünde er ja wohl nicht jeden Morgen am Flughafen.

So schön kann schöner als Glück gar nicht sein, dass es sich lohnt, mein ganzes Leben lang darauf zu warten, dachte der Pinguin. Denn wenn man sein ganzes Leben lang auf etwas Schönes wartet, hat man ja gar keine Zeit mehr, das Schöne zu genießen, weil sich das Zeitfenster immer weiter schließt.

Ich habe »Zeitfenster« gedacht, dachte der Pinguin und erschrak: Ich glaube an Dinge, die es gar nicht gibt. So weit ist es schon!

WIE WEIT ZU WEIT IST

Als der Pinguin an diesem Morgen die Blicke der anderen Pinguine am Flughafen bemerkte, sah er plötzlich selbst, was nicht stimmte. Es waren seine Socken. Sie passten nicht zu seinem Anzug, und damit hatte schließlich alles angefangen. Das ganze Unglück. Nur, dass er diesmal wirklich Socken trug und nicht nur grüne Füße vom Urwald hatte.

Die Socken kratzten. Sie hatten immer schon gekratzt, aber erst jetzt merkte der Pinguin, wie sehr sie ihn piksten, wie

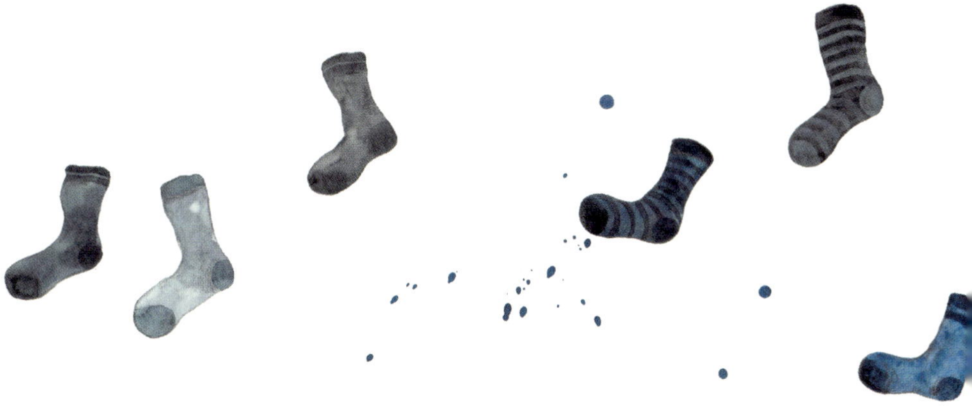

seine Füße darin juckten und wie unglücklich ihn das alles machte: das Warten am Flughafen, das Leben in Konferenzräumen, das falsche Lachen, das Geldverdienen und das Reden mit Leuten, die nicht seine Freunde waren, obwohl sie so taten.

Er war von einem glücklichen zu einem unglücklichen Pinguin geworden, und das nur, weil er sein wollte wie alle anderen. Weil er dazugehören wollte und weil er neugierig darauf war, was schöner sein konnte als Glück.

Ich war ein fröhlicher, glücklicher Pinguin, bevor mir der erwachsene Pinguin gezeigt hat, wie man seriös wird, dachte der kleine Pinguin. Und ich war ein sehr zufriedener Pinguin, bevor ich gemerkt habe, dass ich gar kein richtiger Pinguin bin. Zwar wusste ich, dass ich nicht klug bin, aber klüger fühle ich mich jetzt auch nicht. Im Gegenteil, etwas ist verloren gegangen, dachte der Pinguin, der sich längst nicht mehr klein, sondern schon sehr erwachsen fühlte. Etwas ist vollkommen falsch gelaufen.

WAS FALSCH IST UND WAS RICHTIG

»Zeig mir, wo du wohnst«, sagte der Pinguin zu dem alten Pinguin. »Ich will wissen, wie man lebt, wenn man so viel Geld hat wie du.«

»Ach«, seufzte der alte Pinguin traurig, »das wird dir nicht gefallen.« Er zuckte mit den Schultern. »Aber wenn du unbedingt willst …«

Der kleine Pinguin wollte unbedingt. Also flogen sie los, bis zum Ende der Wolken und noch weiter, und schließlich erreichten sie ein Schloss, das umgeben war von grünen Hügeln, Wäldern, Gärten und Parks. Das Schloss hatte einen See und einen Pool, es gab Diener, die sich um alles kümmerten, es gab viele Autos und sogar ein paar Schiffe.

Der kleine Pinguin staunte. Nie war ihm jemand begegnet, der so viele Dinge besaß.

»Aber warum bist du denn nicht froh!«, rief er. »Du hast so viel Land und sogar ein Schloss! Du hast alles, was man sich nur wünschen kann! Warum stehst du da immer noch jeden Tag am Flughafen und liegst nicht in der Hängematte und lässt es dir gut gehen?«

»Ach, mein Freund«, sagte der alte Pinguin und deutete auf die Hügel voller Obstbäume ringsum, »ich mache mir Sorgen um die Ernte. Es regnet zu wenig in letzter Zeit. Regnet es aber zu viel, rosten meine Autos. Dann muss ich neue Garagen bauen lassen, und dann habe ich wieder Angst, dass man mich übers Ohr haut, weil alle nur mein Geld wollen.«

»Aber du bist an diesem herrlichen Ort! Das alles gehört dir! Du musst doch wissen, was schöner ist als Glück, weil du alles hast, was man sich überhaupt nur kaufen kann!«

»Ja«, sagte der alte Pinguin. »Aber ich habe immer noch nicht genug, um mir keine Sorgen mehr machen zu müssen. Im Gegenteil, je mehr ich habe, desto mehr Sorgen mache ich mir um alles.«

»Aber dann hör doch einfach auf zu arbeiten und kauf dir nicht noch mehr! Dann musst du dir auch keine Sorgen mehr machen!«

»Ach« – der alte Pinguin schüttelte den Kopf – »du bist doch noch sehr grün hinter den Ohren.«

»Und an den Füßen«, ergänzte der Pinguin, doch der alte Pinguin ließ sich nicht aufmuntern.

»Wer soll denn all meine Diener bezahlen, wenn ich nicht mehr arbeite? Weißt du, was so ein Schloss kostet? Die ganzen Autos und Schiffe?«

»Aber du benutzt nichts von alldem! Du fliegst nur den ganzen Tag durch die Gegend, um noch mehr Geld zu verdienen! Du hast viel mehr als alle, die ich kenne, und musst trotzdem immer noch mehr verdienen, um etwas, was du nicht benutzt, zu erhalten?«

»Das Schlimmste ist«, sagte der alte Pinguin, »dass ich vor lauter Sorge schon ganz krank bin. Ich muss mich um so viel kümmern und habe immer weniger Zeit, weil ich so viel arbeite.«

»Dann sag doch deinen Freunden, sie sollen dir helfen!«

»Freunde«, hauchte der alte Pinguin schwach, als erinnerte er sich an etwas, was sehr lange zurücklag. »Dafür habe ich keine Zeit. Außerdem wollen die alle nur mein Geld.«

»Hm-hm, hm-hm«, machte da der Pinguin, weil man das eben so macht, wenn man nachdenkt. »Meine Freunde wüssten gar nicht, was sie mit Geld anfangen sollten.«

Ihm fiel nämlich ein, dass er mal einen Geldkoffer mit auf seine Insel gebracht hatte und die Scheine, weil er sie ganz hübsch fand, auf die Zweige der Sträucher gespießt hatte, aber dann hatte sein Freund Leguan das Geld aus Versehen gefressen und davon ganz furchtbares Bauchweh bekommen.

»Außerdem bin *ich* doch jetzt dein Freund. Du hast mir so viel beigebracht. Jetzt zeige ich dir, wie man glücklich ist.«

»Glück ist Erfahrung, Wissen, Kompetenz«, krächzte der sehr alte Pinguin wieder. »Etwas anderes gibt es nicht.«

»Papperlapapp, natürlich gibt es das Glück. Komm, alter Knabe, ich zeig es dir!«

Und dann flogen sie los, denn der Pinguin wollte seinem neuen alten Freund unbedingt zeigen, wo er wohnte. Sie flogen über Berge und Täler, über Seen, Wüsten und Gletscher, und dann flogen sie über das herrlich blaue Meer, bis ihnen ganz schwindelig war vor lauter Blau.

Und endlich sahen sie die Insel.

WO DAS GLÜCK WOHNT

»Ha!«, rief der alte Pinguin, als sie gelandet waren. »Hier ist ja gar kein richtiges Haus! Überall wuchert und tschilpt es! Und einen Gärtner hat diese Insel auch noch nie gesehen!«

»Aber siehst du denn nicht, wie schön alles ist? Mit jedem Schritt sieht es anders aus! Und warte erst, bis ich dir meine Freunde vorstelle!«

»Pah!«, schimpfte der alte Pinguin. »Ich mach' mir hier nur die Socken dreckig.«

»Dann zieh sie doch aus! Hier braucht man keine Socken, die stören nur. Du wirst sehen, es fühlt sich alles gleich viel besser an!«

»Außerdem habe ich Hunger. Und Durst. Und mir ist langweilig. Gibt es hier gar keine Zeitungen? Keine Diener? Was ist mit Golfplätzen!«

»Nein«, lachte der Pinguin. »Keine Diener, keine Restaurants, keine Autos und auch keine Flughäfen. Dafür überall die herrlichsten Früchte. Jede schmeckt anders, sie kosten nichts, und du kannst essen, so viele du willst. Wir haben hier keine Pools, aber wir haben das Meer. Siehst du, wie es hinter den Bäumen glitzert? Spürst du nicht, dass wir am schönsten Ort der Welt sind?«

»Ich will zurück an den Flughafen«, sagte der alte Pinguin traurig. »Mir ist das hier zu bunt. Zu viele Geräusche, zu heiß, zu dreckig und zu gefährlich. Hier gibt es Tiger, habe ich gesehen. Und Schlangen.«

»Und einen alten Griesgram«, lachte der Pinguin. »Komm, ich lad' dich auf eine Kokosnuss am Strand ein!«

Und ehe der alte Griesgram protestieren konnte, packte der Pinguin ihn schon an der Flosse und zog ihn mit sich.

WIE MAN VOR DEM GLÜCK WEGLÄUFT

»Bah!«, rief der alte Pinguin und schüttelte sich. »Was ist denn das?!«

»Mango«, rief der Tukan von links.

»Papaya!«, säuselte der Leguan von rechts.

»Ananas-Kokos-Bananen-Salat!«, ergänzte der Affe und jonglierte mit ein paar Orangen.

»UrwaldTropenFrüchteMix«, stellte der kleine Pinguin zufrieden fest und blickte auf die Köstlichkeiten, die seine Freunde von überallher zusammengetragen hatten. »Für KonzentrationLeistungErfolg.«

»Ah«, sagte da der alte Pinguin, »LeistungErfolg, das ist gut.«

Und als er das nächste Mal ein Stück Kiwi probierte, schmeckte es ihm gleich viel besser, aber er aß trotzdem kaum etwas, denn er fühlte sich nicht gut.

»Was machst du denn da?«, wunderte sich der kleine Pinguin, denn statt sich mit seinen Freunden zu unterhalten, malte der alte Pinguin plötzlich Zahlen in den Sand.

»Bilanzen«, murmelte er, ohne aufzusehen. »Ich rechne aus, wie lange mein Geld noch reicht. Wie viel Geld ich brauche, um mein Geld zu verwalten. Wie viel Geld ich brauche, um die Leute zu bezahlen, die sich um das Schloss kümmern. Und wie viel …«

»Halt«, unterbrach ihn der kleine Pinguin, »das verstehe ich nicht.« Er kaute ein Stück Kokosnuss. »Vielleicht bin ich nicht der klügste Pinguin aller Zeiten, aber du … du hast ein Schloss, in dem du nicht wohnst. Du hast eine Menge Autos, mit denen du nicht fährst. Du hast Schiffe, die nicht am Meer liegen, und Weinberge, die dir nur Ärger machen. Du hast Angestellte, denen du nicht traust, und kaufst dir von dem ganzen Geld bloß immer mehr Sachen, die dir Sorgen bereiten. Und dann sorgst du dich um die Sachen, die dir Sorgen bereiten, und gibst für das Sorgenmachen um die Sorgen noch mehr Geld aus. Je mehr Geld du verdienst, desto größer werden also deine Sorgen.«

Der kleine Pinguin schob sich ein Stück Ananas in den Mund.

»Nimm es mir nicht übel, alter Knabe, aber für mich klingt das nicht schöner als Glück. Für mich klingt das nach immer mehr Unglück. Weißt du, wenn ich ein Schloss wie deines hätte, würde ich meine Freunde einladen und die Autos anmalen. Zusammen würden wir uns um die Ernte kümmern und jeden Tag im Pool schwimmen. Wir würden das Schloss zum schönsten Ort der Welt machen, genau wie diese Insel. Einfach, weil wir zusammen sind. Und weil wir tun können, was wir wollen.«

Der alte Pinguin hatte jetzt aufgehört, Zahlen in den Sand zu schreiben.

»Gibt es denn gar keinen Ort, an dem du dich wohlfühlst?«, fragte der kleine Pinguin.

»Doch«, sagte der alte Pinguin. »Am Flughafen. Da weiß ich, dass ich nützlich bin. Dass ich das mache, was ich am besten kann.«

»Aber gibt es nichts, was du wirklich *magst*?« Der kleine Pinguin vergaß fast zu kauen. »Merkst du denn nicht, dass sich dein ganzes Leben um etwas dreht, mit dem du gar nichts anfangen kannst? Du hast ja nicht mal Freude an deinem ganzen Geld!«

»Ich mache mich nützlich«, wiederholte der alte Pinguin. »Darum geht es doch. Etwas Sinnvolles zu tun. Für ErfahrungWissenKompetenz belohnt zu werden. Das habe ich dir doch beigebracht, oder nicht? Hier rumzusitzen und aufs Meer zu starren nützt niemandem. Und es führt zu nichts. Ich will einfach zurück an den Flughafen, bevor sich mein Zeitfenster schließt.«

Trotzig malte der alte Pinguin noch ein paar Zahlen in den Sand, und der kleine Pinguin wurde plötzlich traurig und hatte Mitleid mit seinem Lehrmeister.

»Weißt du was, alter Knabe?« Der Pinguin nahm seinen Freund beiseite, setzte sich mit ihm in den Schatten einer Palme und legte ihm die Flosse auf die Schulter. »Ich kann dir auch etwas beibringen. Es hilft dir vielleicht nicht, noch mehr Geld zu verdienen. Aber ich glaube, es hilft dir bei etwas anderem.«

»Da bin ich aber sehr gespannt«, sagte der greise Pinguin müde. »Was kannst du Grünschnabel mir schon beibringen?«

»Grünfuß«, sagte der kleine Pinguin. »Wenn schon.«

»Papperlapapp, zur Sache, wir haben schließlich nicht ewig Zeit.«

»Aber genau darum geht es doch!«

»Worum?«

»Zeit, alter Knabe. Wenn du nicht den ganzen Tag am Flughafen stehen und Geld verdienen müsstest ... was würdest du dann mit deiner Zeit machen?«

»Nicht am Flughafen!«, rief der alte Pinguin. »Was für eine entsetzliche Vorstellung!«

»Weißt du, was ich glaube?«, sagte der kleine Pinguin. »Ich glaube, du arbeitest nur so viel, damit du keine Zeit hast, darüber nachzudenken, was du tun würdest, wenn du Zeit hättest.«

»Das ist verwirrend«, rief der alte Pinguin. »Verwirrend und unlogisch!«

Der kleine Pinguin schüttelte den Kopf. »Unlogisch ist es, seine ganze Zeit für Dinge zu verschwenden, die einen unglücklich machen. Wenn du aber Zeit hättest, darüber nachzudenken, was du mit deiner Zeit am liebsten tätest, dann müsstest du darüber nachdenken, was dich glücklich macht. Und davor hast du Angst, alter Knabe. Angst vor dem

Glücklichsein. Nimm's mir nicht übel, aber das ist unlogischer als alles, was ich mir überhaupt vorstellen kann.«

Der alte Pinguin fühlte sich plötzlich sehr müde und erschöpft.

»Mir geht es nicht gut, junger Freund«, sagte er. »Ich brauche ein wenig Schlaf.«

Also baute der kleine Pinguin dem alten Pinguin ein Bett aus Palmenblättern und deckte ihn gut zu, denn morgen war schließlich auch noch ein Tag.

»Gute Nacht, alter Griesgram«, flüsterte er und lächelte. »Träum von etwas Schönem, ja?«

WIE DAS GLÜCK EINEN FINDET

Am nächsten Morgen war der alte Pinguin nicht wach zu bekommen. Er schlief und schlief und wachte auch nachmittags nicht auf. Der kleine Pinguin und seine Freunde machten sich Sorgen. Sie standen um den alten Pinguin herum und überlegten, was zu tun sei, aber niemand wusste, welche Krankheit der alte Pinguin hatte und wie man sie behandelte, also blieben sie einfach bei ihm und hofften, dass er bald wieder gesund war.

Nach drei Tagen und vier Nächten beugte sich der kleine Pinguin über das Gesicht des alten Pinguins, denn seine Lippen bewegten sich leicht, und der kleine Pinguin glaubte, dass er lächelte. Er musste ganz genau hinsehen, denn der alte Pinguin hatte noch nie gelächelt, aber es gab keinen Zweifel.

»Mein Freund«, flüsterte der alte Pinguin, »ich hatte einen Traum.«

Der kleine Pinguin beugte sich dicht zu ihm, um die Worte besser verstehen zu können, und da merkte er, dass der alte Pinguin Fieber hatte.

»Ich träumte, alles wäre aus Eis«, flüsterte er. »Niemand musste mehr fliegen, weil man überall hinschlittern konnte. Über das Eis hinweg, überallhin. Weißes, glattes, kühles Eis. Hier« – er bewegte die Füße – »so kalt und so glatt. So ein Spaß«, flüsterte der alte Pinguin immer wieder, »so ein Spaß.« Und da wusste der junge Pinguin, was er zu tun hatte, und zog dem alten Pinguin endlich die Socken aus.

»Ich musste nicht mal Anlauf nehmen«, flüsterte der alte Pinguin, »es ging alles wie von selbst. Wohin ich auch wollte. Überallhin«, sagte er. »Ich konnte überallhin. So viel Eis. So ein Spaß!«

»Pssst, alter Knabe. Schlaf noch ein wenig. Du hast Fieber«, sagte der kleine Pinguin und fächelte dem alten Pinguin Luft zu, und dann rief er seine Freunde und bat sie, die Füße des alten Pinguins zu kühlen, mit Palmblättern und mit Wasser.

»Hui«, sagte der alte Pinguin immer wieder und lächelte, »hui!« Und seine Füße bewegten sich ganz leicht im Traum, und er schlitterte noch einmal weit über das Eis, so weit, dass er nur noch ein winziger Punkt in einer strahlend weißen Welt war.

Aber sein Lachen konnte man immer noch hören.

WOZU FREUNDE DA SIND

Der alte Pinguin wachte nicht mehr auf. Aber weil das Lächeln immer noch um seinen Mund war, wusste der kleine Pinguin, dass es ihm gut ging, wo immer er jetzt weiterschlitterte.

Am Ende hat ihn doch noch das Glück gefunden, dachte der kleine Pinguin und wurde traurig, weil er es nicht geschafft hatte, seinem Freund im richtigen Leben zu zeigen, wie man glücklich wird. Und da fasste er einen Plan. Er rief alle auf der Insel zusammen, stellte sich auf einen Felsen und wandte sich an seine Freunde:

»Wir müssen etwas unternehmen«, rief er. »Etwas ist grundsätzlich falsch am Leben der Pinguine. Mein Freund hier hatte alles, was man sich für Geld nur kaufen kann, aber er ist gestorben, ohne zu wissen, was Glück ist. Und damit es nicht allen Pinguinen so geht, bitte ich euch, mir zu helfen, denn ich habe eine Idee. Seid ihr dabei?«

Na, klar waren alle dabei, wozu hatte man schließlich Freunde? Also stieg der Pinguin von seinem Felsen herab, und beim Essen begann er mit der Befragung.

WAS DER PINGUIN WISSEN WILL

Der Pinguin nahm Stift und Papier und fragte all seine Freunde, was sie glücklich macht.

Das war eine einfache Frage, aber die Freunde schauten erst etwas verdutzt, weil Glück für sie so normal war, dass sie noch nie darüber nachgedacht hatten. Der Pinguin hätte auch fragen können, wie die Luft heute ist, dann hätten sich seine Freunde auch erst mal daran erinnern müssen, dass Luft ja das ist, was sie atmen und was sie am Leben hält.

Doch als sie einmal angefangen hatten, über Glück nachzudenken, hörten sie gar nicht mehr auf zu erzählen:

»Wenn wir zusammen mit der ganzen Familie essen«, sagten die Lemuren, »dann sind wir glücklich.«

»Ich bin glücklich, wenn ich male«, sagte der kleine Gorilla.

»Wenn die Sonne hinter dem Berg aufgeht.«

»Wenn ich bei meinen Freunden bin.«

»Wenn das Licht im Wasser glitzert.«

»Wenn ich Seifenblasen beim Davonfliegen zusehe!«

»Kakao trinken, mit Schlagsahne, und zwar reichlich!«, sagte das Opossum.

Das Puschelhörnchen liebte es, den Garten umzugraben.

»Vorlesen und kuscheln«, sagten die Walrösser. »Das macht sofort glücklich.«

»Einen Lachanfall kriegen und nicht wissen, wieso«, sagte der Koala.

»Kuscheln wollten wir auch sagen!«, riefen die grünen Papageien.

»Glasklar«, sagte die Bärenkatze. »Mit meinen Freunden im Wasser spielen.«

»Balancieren«, sagte die Gans, »das entspannt mich.«

Das Meerschweinchen fühlte sich pudelwohl, wenn es mit seiner Hutsammlung spielte.

»Ausflüge mit der Familie ins Grüne unternehmen«, sagten die Gorillas.

Der Kakadu liebte es, sich zu verkleiden. So konnte er immer aussehen, wie er sich gerade fühlte.

»Den Gedanken zusehen, wie sie vorbeiziehen«, sagte der Basset.

»Nichts macht so glücklich wie die Freude der anderen«, erklärte der Waschbär und plante schon die nächste Überraschung.

»Meine Nagellacksammlung nach Farben sortieren«, sagte das Kaninchen. »Und dann gleich noch die Pfoten lackieren.«

Der Frosch war glücklich,
wenn er Ukulele spielte …

… und wenn es Grapefruit
zum Frühstück gab.

Der kleine Pinguin schrieb alles auf, noch den winzigsten Glücksgedanken, aber die Liste war viel zu lang, fast hundert Seiten und noch mehr.

Das liest kein Pinguin der Welt, dachte er, aber für Pinguine war die Botschaft schließlich gedacht. Also beschloss der kleine Pinguin, die Liste auf nur einer Seite zusammenzufassen und außerdem die Punkte zu nummerieren. Wenn Zahlen am Anfang stehen, dann lesen sie es, dachte er, denn Zahlen waren für Pinguine das Wichtigste.

Und während seine Freunde schon im Bett lagen und schliefen, knobelte der kleine Pinguin an den Sätzen herum, die eigentlich für den alten Pinguin bestimmt waren. Er schrieb alles auf, was er ihm hatte sagen wollen, so einfach und so klar wie möglich, damit es auch jeder Pinguin verstand. Und als er damit fertig war, betrachtete er seine Botschaft.

Und die ging so:

WIE MAN GLÜCKLICH WIRD

ErfahrungWissenKompetenz für Pinguine

+++ EILT +++ ZEITFENSTER SCHLIESST SICH BALD +++
ZEITNAHE BEARBEITUNG DRINGEND ERFORDERLICH +++

1. Moin, die Herrschaften. Die Kurse fallen wieder, schon gehört?
2. Nur weil du aussiehst wie ein Pinguin, musst du nicht sein wie ein Pinguin.
3. Nur weil alle Pinguine am Flughafen stehen, heißt das nicht, dass du auch am Flughafen stehen musst.
4. Nur weil du am Flughafen stehst, heißt das nicht, dass du am richtigen Ort bist.
5. Es ist nicht schlimm, anders zu sein als die anderen Pinguine.
6. Wenn du dich komisch bei etwas fühlst, hoffe nicht darauf, dass das Gefühl verschwindet. Es verschwindet nicht, du wirst nur taub dagegen. Bis du denkst, du bildest dir das Gefühl nur ein und es ist gar nicht da. Aber es ist da.
7. Wenn es dir Spaß macht, viel Geld zu verdienen, verdiene viel Geld. Wenn es dir Spaß macht, etwas anderes zu tun, tu etwas anderes.
8. Wenn dir Autos, Schlösser oder Yachten Sorgen bereiten, schenke sie denen, die Freude daran haben.
9. Wenn du gerne fliegst, denke nicht an dein nächstes Ziel, sondern spüre den Wind in deinem Fell, erkenne Dinge in den Wolken und staune, wie viele Farben die Sonne hat.

10. Wenn du nicht gerne fliegst, probiere Eisschollenglitschen oder Hängemattenliegen.

11. Wenn dir jemand sagt, deine Socken passen nicht zu deinem Anzug, sag ihm, dieser Satz passt nicht zu deinem Leben.

12. Wenn deine Socken dich kratzen, zieh sie aus.

13. Es gibt nichts, was schöner ist als Glück.

14. Aber es gibt Glück.

15. Wenn du ein Grünfuß bist, bleibst du ein Grünfuß. Egal, wie sehr du dich verkleidest.

16. Wenn du ein Grünfuß bist, sei ein Grünfuß. Denke wie ein Grünfuß, sprich wie ein Grünfuß und handle wie ein Grünfuß.

17. Wenn du seriös bist, kannst du dir das Fell verstrubbeln, soviel du willst. Du bleibst trotzdem seriös.

18. Glück ist das Wertvollste auf der Welt, aber du kannst es nicht kaufen, nicht festhalten und auch nicht begreifen.

19. Keiner weiß genau, was Glück ist. Aber du spürst es, wenn du es hast.

20. Wenn dich das Glück findet, lauf nicht weg.

21. Es gibt keinen Schlüssel zum Glück. Außer dem, der in dir ist.

22. Finde den Schlüssel. Benutze ihn. Es gibt nichts Wichtigeres.

23. Nein, auch StocksDaxFlex nicht.

24. Das mit dem Zeitfenster war nur ein Trick, damit du das hier liest.

25. Eine Liste mit 24 Punkten ist doof.

WIE MAN DAS GLÜCK IN DIE WELT BRINGT

Gemeinsam mit seinen Freunden flog der kleine Pinguin zum Schloss des alten Pinguins. Sie verteilten ein paar Koffer voller Geld an die Angestellten, damit sie ihnen halfen, den Plan in die Tat umzusetzen, und der Plan war, das Glück in die Welt zu bringen. Und das ging so:

Während die Angestellten ganz oben im Schloss einen Flugsteig bauten und die Autos und Boote startklar machten, versammelte der kleine Pinguin seine Freunde um sich, damit sie ihm halfen, die Botschaft abzuschreiben, immer und immer wieder. Der kleine Pinguin hatte nämlich einen ganzen Raum voller Pinguinkoffer im Keller entdeckt, und in jedem Koffer waren Tausende von Versprechen, und auf die Rückseiten der Papiere mit den Versprechen schrieben die Tiere die Botschaft des Pinguins.

Als sämtliche Zettel beschrieben waren, luden der kleine Pinguin und seine Freunde die vollen Koffer in die Autos und

Yachten, brachten sie an den Flugsteig und flogen damit in die Welt. Zu Wasser, zu Lande und durch die Luft wurde die Pinguin-Botschaft verteilt, fielen Blätter aus den Wolken, wurden gefunden und weitergegeben. Heimlich wurden die Zettel in die Zeitungen mit den Zahlen und Tabellen gelegt, und statt zu sehen, wer schon wieder gefallen war, lasen die Pinguine jetzt die Pinguin-Botschaft, weil sie dachten, sie enthielte ErfahrungWissenKompetenz. Was ja auch stimmte. Nur anders, als sie glaubten.

Und weil Pinguine nun mal Pinguine waren, taten sie, was Pinguine nun mal tun: Sie hielten sich an die Regeln. Einige lernten die Botschaft sogar auswendig und brachten sie anderen bei, und es dauerte nicht lange, da sah man erste Veränderungen an den Flughäfen.

Hin und wieder fiel es einem Pinguin ein, in der Warteschlange einen Handstand zu machen oder ein Rad zu schlagen, und keiner störte sich daran. Socken durften plötzlich Farben, Punkte und Muster haben. Die ersten Zeitfenster-Witze machten die Runde, und manchmal brachte ein Pinguin sein Geld gar nicht auf die Bank, sondern kaufte sich etwas ganz und gar Unsinniges davon. Einfach, weil es ihm Spaß machte oder weil er anderen eine Freude machen wollte.

Irgendwann wollten die ersten Pinguine nur noch die Hälfte der Zeit an Flughäfen, in Konferenzräumen und bei Geschäftsessen verbringen. Sie sagten: »Wir haben schon genug Geld. Wir wollen mehr Zeit für unsere Freunde. Wir wollen auch mal wissen, wie es woanders ist und was uns noch Spaß machen könnte.«

Andere erkannten, dass Geld gar nichts mit dem zu tun hatte, was ihnen wichtig war, und dass sie lieber in der Hängematte lagen und dem Rauschen des Meeres zuhörten. Dann gingen sie nur noch ganz selten zum Flughafen, und den Rest der Zeit taten sie, was sie glücklich machte.

Natürlich gab es auch Pinguine, die alles genauso weiter machten, wie sie es immer getan hatten, weil es sie glücklich machte, seriös und ordentlich gestriegelt durch die Welt zu

fliegen und viel Geld zu verdienen, und natürlich war daran nicht automatisch etwas falsch. Es war nur falsch, etwas zu tun, was man gar nicht tun wollte, nur um Geld zu verdienen. Denn davon hatte niemand etwas.

Wenn jeder das täte, was er am besten kann und was ihm am meisten Spaß macht, dachte der Pinguin. Dann wäre doch jeder immer glücklich. Und wenn jeder immer glücklich ist, dann kann niemand mehr unzufrieden sein. Jeder würde für die Zeit bezahlt, in der er das macht, was er am besten kann. Das wäre gerecht, und gleichzeitig wüsste man, dass man überall immer nur das Beste von allem bekäme, weil alle nur das machen, was sie am besten können.

So ein Ort, dachte der Pinguin, wäre doch der schönste Ort der Welt.

WIE MAN JEDEN ORT ZUM SCHÖNSTEN ORT DER WELT MACHT

»Moin, die Herrschaften«, sagte der kleine Pinguin zu den Angestellten des alten Pinguins. »Ich hätte da mal eine Frage, und zwar will ich wissen, was den alten Pinguin glücklich gemacht hat. Weiß das jemand?«

»Hmmm«, sagte das Alpaka. »Glücklich. Schwierig. Er hat sich ja vor allem Sorgen gemacht. Aber darin war er gut.«

»Stimmt«, zwitscherten die Spatzen. »Er hat sich immer um alles gekümmert und hatte alles im Blick. Das wissen wir genau, denn wir sind viele und können alles von oben sehen, aber er war nur einer und konnte das trotzdem.«

»Und das hat ihn glücklich gemacht?«, fragte der Pinguin. »Sich um alles zu kümmern?«

»Ich glaube schon«, sagte der Seehund, der für die Wagen des alten Pinguins zuständig war und dafür, dass er immer sicher ans Ziel kam. »Ich kannte ihn schließlich am besten, ich hab ihn ja überall hingefahren!«

»Nein, *ich* kannte ihn am besten«, brüstete sich das Krokodil, »schließlich habe ich ihn bewacht und dafür gesorgt, dass alles immer lief, wie er wollte!«

Immer mehr Tiere meldeten sich jetzt, die behaupteten, den alten Pinguin am besten gekannt zu haben. Sein Koch, sein

Gärtner, sogar der Flamingo, der für die Sauberkeit des Pools zuständig war. Jeder von ihnen lächelte, wenn er vom alten Pinguin sprach, und da merkte der kleine Pinguin, dass auch er immer lächelte, wenn er von seinem Freund erzählte.

Der alte Griesgram hatte viele Freunde, dachte der Pinguin verwundert. Alle mochten ihn. Selbst jetzt, wo es nichts mehr für sie zu tun gibt und sie kein Geld mehr verdienen, bleiben sie in seinem Schloss.

»Warum geht ihr nicht weg von hier?«, fragte der Pinguin. »Warum sucht ihr euch keinen anderen Ort und eine Arbeit, die euch Spaß macht?«

Die Bediensteten des alten Pinguins sahen sich an.

»Weil wir ... gern hier sind«, sagte das Ozelot.

»Weil wir diesen Ort mögen«, sagte das Gürteltier.

»Weil wir wissen, dass er es so gewollt hätte«, sagten die Störche. »Was wird denn, wenn sich keiner mehr um das Schloss kümmert, die Autos, Yachten, Bäume und Blumen?«

»Ihr wollt alles weitermachen wie bisher?«, wunderte sich der Pinguin. »Obwohl der alte Pinguin nicht mehr da ist?«

»Na ja«, überlegte der Seehund, »ich habe jetzt keinen mehr, den ich herumfahren muss. Aber ich liebe Autos. Und sein Lieblingswagen ist auch mein Lieblingswagen.«

»Dann fährst du jetzt einfach selbst damit!«, rief das Krokodil. »Und zwar dahin, wo du willst!«

»Und ich kann endlich kochen, was mir schmeckt!«, rief der Ameisenbär. »Und nicht nur das, was der alte Pinguin mochte.«

»Wir alle machen jetzt einfach das, was wir am liebsten tun und was wir am besten können«, grunzte aufgeregt das Rossferkel.

Und da wusste der kleine Pinguin, dass es nicht mehr lange dauern würde, bis der zweite Ort zum schönsten Ort der Welt geworden war. Denn der erste schönste Ort würde für ihn immer seine Insel bleiben.

WAS PASSIERT, WENN ALLE DAS TUN, WAS SIE AM BESTEN KÖNNEN

Schon bald war das Schloss des alten Pinguins nicht mehr wiederzuerkennen. Die Autos rosteten nicht mehr, am Pool wurde ein Sprungturm gebaut, und an den Mauern entstanden die buntesten und schönsten Malereien, die man sich nur denken kann.

Tabletts mit Köstlichkeiten wurden herumgereicht, dazu selbst gemachte Limonade, und wenn etwas kaputtging, wurde es sofort repariert. Zu jedem Problem gab es jemanden, der sich darum kümmerte, weil es immer jemanden gab, der genau das am besten konnte.

»Das hier ist wirklich und wahrhaftig der zweitschönste Ort der Welt!«, rief der Pinguin.

Und es dauerte nicht lange, da sprach sich herum, dass es einen Ort gab, an dem jeder das machen konnte, was er wollte, und an dem es von allem nur das Beste gab. Manchmal kamen sogar Leute von weit her, um sich das Schloss anzusehen oder ein paar Tage zu bleiben, und einmal kam ein kleiner Pinguin, der dem nicht mehr ganz so kleinen Pinguin hinterherlief, weil er ihn unbedingt etwas fragen wollte.

»Herr Pinguin!«, rief der noch sehr kleine Pinguin. »Ich hätte da mal eine Frage!«

Verwundert beugte sich der Pinguin herunter, um genau hören zu können, was der kleinere Pinguin wissen wollte.

»Ich habe gehört, dass hier jeder das tut, was ihm den allergrößten Spaß macht und was er am besten kann. Aber ich kann vielleicht gar nichts am besten! Bin ich deswegen kein richtiger Pinguin?«

»Oh, ich wette, du kannst gut Handstand machen oder ein Rad schlagen. Habe ich recht?«

Der kleine Pinguin ließ nicht locker: »Außerdem, wenn jeder nur das tut, was er am besten kann, dann kann doch keiner mehr etwas Neues ausprobieren! Vielleicht muss ich erst herausfinden, was das Richtige für mich ist. Und vielleicht finde ich heraus, dass mir das Herausfinden am meisten Spaß macht. Dann werde ich niemals ein sehr guter Koch oder Gärtner oder Poolreiniger, weil ich sofort immer das Nächste ausprobieren muss!«

»Hm«, machte da der Pinguin, weil man eben so macht, wenn man nachdenkt. »Hm-hm, hm-hm. Du bist wirklich ein kluges Kerlchen. Viel klüger, als ich es in deinem Alter war. Und ich glaube, du hast recht. Nur, weil ich zum Beispiel herausgefunden habe, dass es meine Aufgabe ist, das Glück in die Welt zu bringen, heißt das nicht, dass jeder diese eine Sache für sich finden muss. Der Besitzer dieses Schlosses zum Beispiel konnte mehrere Dinge am allerbesten. Er verstand viel vom

Geschäft, er hatte mehr Geld als jeder, den ich kenne, aber am allerbesten konnte er sich um alles gleichzeitig kümmern. Er hat zwar immer gesagt, dass ihm alles zu viel wird und dass ihm alles nur Sorgen bereitet, aber vielleicht hat er gar nicht gesehen, dass er das eben am besten konnte: sich um alles kümmern. Vielleicht wäre er glücklich gewesen, wenn er gewusst hätte, dass er die ganze Zeit schon genau das tat, was er am besten konnte.«

»Und wenn ich wirklich Handstand und Radschlagen am besten könnte? Da hätte keiner was von, das wäre nicht nützlich!«

»Also, wenn ich sehe, wie jemand ein Rad schlägt, dann freue ich mich. Und das ist sehr nützlich.«

»Und wenn gerade keiner hinsieht? Dann ist Radschlagen nicht nützlich, obwohl es mich glücklich macht!«

»Glück muss nicht nützlich sein«, sagte der Pinguin und nickte bedächtig. »Das fehlt auf der Liste, da hast du recht. Was bin ich nur für ein Glück-in-die-Welt-Bringer, wenn ich die wichtigsten Sachen vergesse!«

»Punkt zwei für die neue Liste: Wer perfekt sein will, hat es schwer, glücklich zu werden«, lachte der kleine Pinguin. »Wenn du so weitermachst, ist die nächste Pinguin-Botschaft bald fertig!«

WER JETZT DER DUMMKOPF WAR

Und plötzlich erkannte der Pinguin sich selbst in dem kleinen Pinguin, wie er früher gewesen war. All die Dinge, auf die er Antworten wollte. Die Neugier auf die Welt der erwachsenen Pinguine und gleichzeitig sein Zweifel an ihren Regeln. Und auch den alten Pinguin sah er in sich. Weil jemand Jüngeres ohne viel ErfahrungWissenKompetenz ihn ins Grübeln brachte.

Das alles muss immer so weitergehen, dachte der Pinguin: Es muss immer einen kleinen Pinguin geben, der sich traut, Fragen zu stellen. Denn sonst stehen bald alle Pinguine zwar nicht mehr am Flughafen, sondern springen in bunten Schlössern in Pools oder liegen in Hängematten. Aber das wäre nur ein anderes Pinguin-Leben, mit neuen Regeln, aber mit genauso vielen Vorschriften.

»Punkt drei für die neue Liste: Hör nie auf zu fragen!«, rief der Pinguin begeistert.

Und da wurde ihm klar, was seine Botschaft in der Pinguinwelt jetzt schon bewegt hatte. Ohne meine Liste, dachte er, stünde jetzt nicht dieser kleine Kerl bei mir und würde mutige Fragen stellen.

»Wenn mir damals jemand erzählt hätte, was jetzt auf den Rückseiten der Versprechen steht«, sagte er zu seinem neuen Freund, »hätte ich nicht so lange versucht, jemand zu sein, der ich gar nicht bin. Ich hätte mich nicht für meine grünen Füße geschämt, nicht für meine Fragen und nicht für meine Dummheit.«

Und dann gab er sich selbst ein Versprechen. Er musste es auf keinen Zettel schreiben, er musste es niemandem verkaufen, und er musste auch nicht damit durch die Welt fliegen, denn es war nur für ihn.

»Ich verspreche, mich nie wieder zu schämen«, beschloss er feierlich. »Für gar nichts.«

Denn wenn jemand das Glück in die Welt gebracht hatte, dann war er vielleicht alles Mögliche. Aber ganz bestimmt kein Dummkopf.

WIE DIE LISTE WEITERGEHT

»Punkt vier für die neue Liste: Keine Botschaft ist wertvoller als die, die in dir ist«, sagten beide Pinguine gleichzeitig und klatschten ihre Flossen gegeneinander.

Also, warum schreibst du nicht einfach deine eigene Liste?

Was macht dich glücklich?

Denk gut darüber nach. Schreib es für dich auf. Und wenn du Lust hast, schick es an derpinguinsuchtdasglueck@gmail.com. Vielleicht bist du ja der nächste kleine Pinguin, der ein komisches Gefühl hat und denkt: Irgendwas ist falsch am Leben der Pinguine.

Oder du hast eine Frage, die du dich nicht zu stellen traust.

Stell sie trotzdem. Es gibt keinen Grund, dich zu schämen. Für gar nichts. Weil niemand besser weiß als du, was für dich richtig ist und was dich glücklich macht.

1. GLÜCK MUSS NICHT NÜTZLICH SEIN

2. WER PERFEKT SEIN WILL, HAT ES SCHWER, GLÜCKLICH ZU WERDEN

3. HÖR NIE AUF ZU FRAGEN!

4. KEINE BOTSCHAFT IST WERTVOLLER ALS DIE, DIE IN DIR IST

Nachdem Stefan Beuse preisgekrönte Romane geschrieben und Sophie Greve die Welt auf vielfältige Art bunter gemacht hat, laufen sich die beiden endlich über den Weg. Schnell merken sie, dass sie dieselbe Sehnsucht teilen: Nach Geschichten, die wahr sind und traurig und schön. Nach Fragen, die größer sind als Antworten. Nach Abenteuern, die immer wieder zeigen, wie reich und verrückt und poetisch das Leben ist. Zusammen entwickeln sie Geschichten, die Stefan Beuse schreibt und Sophie Greve illustriert. *Der Pinguin sucht das Glück* ist nach *Die Ziege auf dem Mond* ihr zweites gemeinsames Abenteuer.

Mehr über den Pinguin und seine Freunde erfährst du unter www.beuse-greve.de

Erscheint als Hörbuch bei Headroom,
gelesen von Norman Matt

1. Auflage 2019

ISBN 978-3-446-26426-7

Umschlaggestaltung: Sophie Greve
Autorenfoto: Dennis Dirksen
Layout & Satz: Sophie Greve
Druck und Bindung: TBB, a.s., Banská Bystrica
Printed in Slovak Republic